오래된
나무 아래서
잠시

소금북 시인선 · 14

오래된 나무 아래서 잠시

ⓒ임동윤, 2023. printed in Seoul, Korea

초판 1쇄 인쇄 2023년 08월 05일
초판 1쇄 발행 2023년 08월 10일
지은이 | 임동윤
펴낸이 | 박옥실
디자인 | 유재미 정지은

펴낸 곳 | 소금북
등록 | 2015년 03월 23일 제447호
발행 | 강원도 춘천시 행촌로 11, 109-503 (우-24454)
편집 | 서울시 중구 퇴계로50길 43-7 (우-04618)
전자주소 | sogeumbook@hanmail.net
구입문의 | ☎ (070)7535-5084, 010-9263-5084

ISBN 979-11-91210-13-2 03810

값 12,000원

춘천문화재단

· 이 시집은 춘천문화재단 전문예술지원사업 지원금으로 발간되었습니다.

소금북 시인선 · 14

오래된
나무 아래서
잠시

임동윤 시집

소금북
sogeumbook

열일곱 번째 시집을 묶는다

양보다 질이 문제일 텐데…
그러나 어쩌랴,
해도 해도 넘쳐나는 이 서정을!

나를 구원하는 일이라면
마다하지 않겠다

내 안에 다시 바람이 분다

| 차례 |

| 시인의 말 |

제1부 푸른 경전

제2부 당신과 함께

제3부 비어가는 집

제4부 서귀포 시편

시인의 에스프리 | 임동윤

푸른 경전

모퉁이

이쯤에서
저쪽 모퉁이를 보고 있었던가?

가랑비에 정수리는 젖고
가슴 적신 눈물은 바닥에 흥건했네

모퉁이를 지우는 저녁 으스름
풀꽃들을 지우고
마침내 빗줄기를 지우지만
차오르는 그리움을 지울 수는 없었네

문득, 가로등이 켜졌네
그때까지 바라보는 저쪽 모퉁이

보이지 않게 차오르는
숨결 혹은, 흔들리는 어깨

푸른 경전

늙은 팽나무는 오래된 경전이다
매미, 사슴벌레, 흰점박이꽃무지에게
제 아랫도리를 다 내어주고도
아무렇지 않다는 듯 푸르게 산다

하굣길 아이들의 놀이터였고
마을 어른들의 회관이었던 나무
팽총놀이의 총알이 되어주었던 열매로
아이들의 간식이 되기도 했던 나무

이젠 여린 바람에도 견디지 못하고
황갈색 이파리를 툭툭 떨어뜨린다
그러면서, 제 밑동 내어주는 일이
이 우주에서 함께하는 일임을 안다

자신을 내어주는 일만으로도 거룩한,
썩은 아랫도리에 애벌레들을 키우며
여전히 휘파람새 몇 마리 날리고 있다

껍질의 시

완전한 삶이 존재하지 않듯이
고쳐도 고쳐도 미완성인 시, 그러다가
맨 처음 내용으로 다시 돌아오고 만다
이미지에 집착하다 보면 해야 할 말들이 죽고
내용을 내세우다 보면 진술 일변도여서
시를 읽는 참 맛이 없다
생선회에 고추냉이와 초장이 없듯이
붕어찜 밑바탕에 시래기가 없듯이

직립의 자세로 하늘 우르르는 침엽수와
바람에 키를 늘이는 저 대숲의 속삭임
그 꼿꼿함과 천 개의 말을 닮고자 했으나
원목이 되지 못하고 껍질만 무성한 나의 시
마른 덤불만 무성히 만든 것은 아닌지
버리지 못한 욕망, 지키지 못한 언약이여
나는 안다, 불온한 날들 위에 얹히는
숭숭 벌레 먹은 시든 나뭇잎이라는 것을

이슬의 노래

눈물 떨구는 순간은 아름답다
피 한 방울 말리는 순간은 거룩하다
육신 말리는 일이 거룩하듯이
정신 말리는 일이 아름답듯이

너를 향한 나의 눈짓이
너를 향한 나의 사랑이
바람 앞에 등불이 된다 해도
마침내 내 목숨을 버린다 해도

내 몸의 물 한 방울을 말려서
내 몸의 피 한 방울 낱낱이 말려서
네 뿌리의 자양이 되고
네 둥치를 든든하게 하고
환한 꽃 한 송이 매단다면
더할 수 없이 좋은 것을

아침부터 대낮까지
마지막 눈물 한 방울까지
최후의 피 한 방울까지 남김없이
바친다, 너에게 아낌없이

울음의 골목

저당 잡힌 오늘이 골목길로 들어선다
벌컥벌컥 마셔대는 시름의 하루
혀 꼬인 말들이 엎질러진 좌판을 적시고
삼겹살과 꼼장어가 불판에서 발버둥친다

국물 냄새 넘쳐나는 포장마차 적시는 달빛
전봇대를 잡고 꾸역꾸역 울분을 토해내는 자정
네온 불빛만 골목길을 출렁거리며 흘러넘친다
만취한 초승달이 넘어가는 새벽까지도
저마다 토해낸 배설물들이 울음처럼 고여있다

전봇대엔 붉게 핀 독버섯들이 나붙어있고
어제의 허물들이 봉지째 버려져 있다
여전히 물고기처럼 파닥거리는 내력들
하수구 후미진 곳까지 마냥 내몰리고 있다

오래된 나무 아래서 잠시

게릴라 폭우에 잠시 몸을 피한 적 있다
그때 나무는 푸른 손 하나하나를 펼쳐 들고
내 몸을 있는 힘껏 감싸 안고 있었다

그러나, 오래 방패막이가 되어주진 못했다
빗물에 나무는 까맣게 젖어 들고
껍질과 잎새가 더는 물을 머금지 못하였다

누군가를 지키기 위해
빗물 흠뻑 뒤집어쓰는 것은 하나의 경전
누군가를 보살핀다는 것은
자신을 버려야만 가능한 일인 것을

수십 년 제 자리를 지킨 나무를 본다

나는 누구 하나 품은 적 있었던가?
늘 바람을 피해 다녔던 나날들
나는 느티나무 아래서 작아만 졌다

옹이구멍

대청마루에 옹이구멍이 났다
황소 눈만 한 구멍
가지와 가지가 숨 쉬었던 자리
겨울 저수지에 숨구멍이 나듯
오랜 세월 견디다 못해 생긴 송판 구멍
옛집 바닥을 잇는 소리의 통로가 되었다

살구꽃 알싸한 향기의 봄이 밀려들고
능구렁이 고개를 내밀기도 했던 그 구멍
머루 다래 익는 냄새로 저물었던 그해 가을
모든 세월의 통로가 되었던 옹이구멍
새소리와 짐승울음과 나무 그늘과 바람
거룩한 땅 기운까지 빨아들였던 구멍
세월의 흔적 선연한 구멍에도 겨울이 왔다

사락사락 눈 내리는 소리 와자하고
바람 휘몰아치는 혹한은 시퍼렇다

밤이면 승냥이울음 마룻바닥을 점령하고
매화꽃 향기 그 구멍으로 스며들기까지
이 혹독한 엄동을 잘 버터야 한다

오백나한 앞에서

국립춘천박물관에는 오백나한이 산다
두건으로 속세를 가리고
선정에 든 가삿자락을 펄럭거린다
열반에 들지 않은 성자가
중생을 위해 동안거에 들어있다

닿을 듯한 숨결 가까이
꽃잎처럼 화르르 쏟아지는 눈짓들
부처의 몸 위로 비가 내리듯
연꽃잎이 휘날린다, 눈발 흩날린다
모든 것은 소멸한다, 존재하지 않는다

촌음도 헛되이 말고 정진하라,
붓다의 말씀이 죽비처럼 꽂히고 있다
기쁨 슬픔 희망 분노의 얼굴들이
말 없는 말로 타이르고 있다

공덕을 쌓으면 나한이 될 수 있을까요

끝없이 뒤돌아보는 나를 꾸짖고 있다
못 없이도 문득 연꽃이 피고 있었다

성주사지

산문 무너진 자리에 바람이 높다
일가를 이룬 풀들이 네 개의 석탑을 끼고 돈다
바람 따라 모로 누웠다가 다시 일어선다

빛바랜 석등에 불을 켜면
하안거에 든 스님들 독경 소리 들릴법한데
백제의 숨결을, 온전히 탑 안에 가둔 것을 지켜본 것은
코와 귀가 잘린 석불입상이었으리라

아니, 육백 년 사직을 지켜본 것은,
법의로 양어깨와 발을 가린 석불입상이 아니라
스러져도 죽지 않은 이 가녀린 풀들이었으리라
나쁜 마음의 말이나 행동을 금하라는 부처님 설법이
풀밭 곳곳에서 연꽃으로 피어오를 법한데

서당개 삼 년이면 풍월을 읊는다고 했고
천년 세월 목탁 소리와 경전에 귀 기울여 살았으니
이곳 풀꽃들은 모두 나한이거나 부처이겠다

온갖 풀들이 석탑과 석등을 감싸고 도는
천년 사지, 독경 소리는 석탑 속에 진정 깊이 잠들었는가?

떠난 자들, 숨결만 가파르다

*성주사지 : 충남 보령시 성주면 성주리에 있는 백제시대의 절터.

어미의 여름

염낭거미의 보금자리는 풀밭
푸른 달빛을 머리에 이고
칼날 같은 갈대 잎사귀를 곱게 접는다
잎맥의 완강함으로 피가 번진다

허공과 잎사귀 사이 작은 공간
이곳에 목숨의 마지막 다리를 놓는다
고치를 위해 젖줄 풀어 구깃구깃 접는다
풀잎에 베인 상처가 붉게 번져간다

연둣빛으로 휘장을 두른 산란실
몸을 옴츠리고 자신의 꿈을 조용히 눕힌다
오직 어둠 속에서 산란하는 일에만 열중한다

양수 속을 유영하던 것들이 껍질을 부수고
새끼들이 꼬물거리며 가슴을 파고든다
아무것도 줄 것이 없는 어미

송두리째 제 몸을 내어주고 있다

어미 몸을 갉아 먹고 자라난 새끼들
갈댓잎 위에서 찬란한 햇빛에 마주 선다
바람까지 잘근잘근 씹어먹는다

그렇게 한 어미의 여름이 사라져간다

그늘의 시간

우지끈, 전신주가 박살이 난 후다

무너진 건물더미에
꼬리 짧은 것들이 깔린 것은
대형 크레인이 기우뚱, 기운 것은

용달차 이삿짐이 모로 누운 것은
시청청사의 유리가 산산조각이 난 것은
가로수가 길바닥에 몸을 눕힌 것은
교차로의 차들이 무작정 뒤엉킨 것은

직립의 아파트가 무너지며
우지끈, 변압기를 박살 낸 후다

남대천에서

단풍잎 하나 강물을 떠메고 간다

강바닥에 뱃가죽이 긁혀 터진 연어들
멀고 아득한 길 돌아오는 여정으로
오직 폭포를 뛰어넘는 완강한 팔뚝으로

결코 잊을 수 없는 자궁 속 물맛으로
죽어야 다시 사는 영혼 하나로
스윽 쓰윽 배를 문지른다, 자갈 바닥

문득, 여울물 소리 선명한
단풍잎 고운, 강 깊은 저녁의 시간

제 2 부

당신과 함께

추억하는 사람

그 얼굴이
사라지지 않는다

좀체 찡그리지 않는
그 얼굴

향기로운 의미가 되어
서로의 가슴에 꽃을 피울 뿐이다

마지막까지
그런 사람이어야 한다

당신과 함께

이팝나무는 다시 꽃들을 매달았습니다
몇 개의 천둥과 바람이 지나가자 남춘천역
산딸나무는 머리를 하얗게 물들였습니다

당신의 시집, 『딱딱해지는 살』을 읽습니다
마지막 약력 위에서 당신은 웃고 있습니다
「하얀마을」 옥돔구이를 먹을 때처럼
원산지 표시 선명한 두부전골을 먹는 때처럼

이 새벽, 까마귀 울음소리를 듣습니다

꿈속에서도 춘천문화원으로, 한숲시티로
당신 찾아가지만 내가 찾는 얼굴은 없습니다
고성횟집에서 물회도 한 접시 즐기고
평양면옥에서 냉면만 한 그릇 축낼 뿐입니다

그러나, 당신 없이도

이 여름 못 먹는 술을 마셔봅니다
마치 당신과 있는 것처럼, 그렇게

눈곱만한 틈새로

보도블록과 보도블록 사이
눈곱만한 틈새를 비집고 고개 내민 풀들을 본다
여리지만 꼿꼿하게 몸을 세우는,
물 한 방울 잘 스며들지 않는 곳, 저 실낱같은
연둣빛들이 나요, 나 여기 있어요, 손을 뻗는다

한때 저들은, 수도 없이 주저앉았을 것이다
구둣발에 허리가 꺾이고 온몸이 짓눌렸을 것이다
그러나 하늘로 솟구치는 욕망은 다스리지 못했을 것이다

한 줌 먼지 속에서도 아스팔트 속에서도
벼랑바위 틈새에서도 오래된 기와지붕 사이에서도
틈만 보이면 삐죽삐죽 솟아나는 것들

때론 제초기에 허리까지 잘려 나가도
며칠 후면 다시 웃자라는 저 끈질긴 생명력
폭우 속에서도 결코 바닥에 쓰러져 눕거나

꺾이지 않는, 오로지 꼿꼿하게 머리를 쳐들 뿐이다

틈만 보이면 뾰족뾰족 손을 내미는,
끈질기게 제 삶을 꾸려 나가는 저것들
낙숫물이 바위를 뚫는 이치를 새삼 배운다

화들짝, 등줄기가 오싹해진다

부칠 수 없는 편지 · 1

새벽에 들꽃 흔들리는 소리 들었다
기러기들이 빈 하늘 긋고 갈 때
바람 소리로 우는 그대를 보았다

새벽 별빛이 마을에 내리는 동안
이 세상 헛것들에 한참 물이 들면서
풀꽃보다 나는 더 가늘게 흔들렸다

바람에 흔들릴수록 꽃들은 피고
나는 수신인이 없는 편지 때문에 울었다
아직도 주름 많은 얼굴 내보이면
맑고 찬 이슬에 몸 씻는 꽃들은 있다

빈 벌판 떠도는 마른강물 한 줄기
그 캄캄한 시간이 나를 보며 울 때
가을 들녘이 깊어가는 것을 보아라
모든 것을 버린 강물이 되는 것을 보아라

새벽마다 홀로 깨어나
빈 하늘 긋고 가는 기러기 떼를 본다
들꽃이 바람 소리로 우는 것을 본다
둥글게 모여 웅성거리는 것을 본다

부칠 수 없는 편지 · 2

너 앉았다 떠난 자리에
아직 꽃 한 송이 피어나지 않는다
이 봄 오래오래 아침을 기다렸는데
벌써 기다리는 일의 소중함을 잊었는가

개나리 목련도 가고
연분홍 벚꽃도 후르르 진다
지금은 다만 보랏빛 향기
무성한 라일락 그늘 밑이다
마지막 남은 봄을 너 없이도 나는 보낸다

바람은 어제보다 거칠고
네가 이름 붙여준 나무들은 새순 하나 없다
저 고요 한 겹씩 벗겨내면
연둣빛이 돌까, 잎이 돋을까?

도무지 얼굴 하나 지워지지 않는다

벽 하나 허물지 못하고
문만 꽁꽁 닫아놓고
서로 안다고, 안다고 말했을 뿐
다만 멀리서 가깝게만 보고 있구나

너 앉았다가 떠난 자리인데도
아직 꽃 한 송이 피어나지 않는다
벌써 나는,
기다리는 일의 소중함을 잊었는가

종언終焉

일흔두 살의 사내
병석에 누운 지 벌써 몇 년째
마지막 가실 날을 예견이라도 하는지
어느 늦가을 저녁 무렵
누이와 먼 곳의 여동생들 불러놓고
고요히 종언終焉을 남겼다

평소 만나지 않던 아들딸 다 불러달란다
화장 후엔 절간에 모셔달란다
우리 중 하나가 투덜거렸다
왜 그런 걱정을 해요, 우리 알아서 다 할 텐데…
사내의 얼굴이 일순 어그러지며
가까스로 허공에 내뱉은 말

부처가 좋다니까!

아침 어물전

서해에서 잡혀 온 꽃게들이
푸른 바다를 물고 있습니다

집게 발가락에 꽉 물려
은빛 파닥이는 푸른 비늘, 비늘들
이곳에서의 아침은
꽃게들이 물고 온 파도로 출렁입니다

장바구니마다
갈매기 소리도 넘쳐납니다
쏴아, 쏴아 앞바다가 부서집니다

꽃게는
뒤뚱뒤뚱 걸어 다니는
눈이 달린 파도입니다

눈 오시는 날

손바닥 마당에 내리는 것들을
종일 바라만 보기
여리고 가는 붉은 발의, 새들의,
최초의 발자국 찍는 것을 바라만 보기
침엽수 둘레가 바닥까지 휘어져 찢겨도
그냥 바라만 보기

흰 뼈를 드러내며 내지르는 아픈 소리도
그윽하게 듣기만 하기
물푸레나무가 뿌리로부터 길어 올린 푸른 날들을
제 몸에 쟁이는 것을 듣기만 하기
자작나무가 몸 비워내는 소리를 절간의
풍경소리로 듣기만 하기

한 생각이 다른 모든 생각을 지우고
푸른 무늬로 일어섬을 생각하기만 하기
흰 것밖에 보이는 것이 없다고

오직, 한 가지만 가졌다고

안 보이는 것이 더 잘 보이는 것이라고
뒤집어 생각하기만 하기
마당귀 무너지도록 종일 쌓여도 무심히
눈여겨 생각하기만 하기

나를, 온전히 나만 궁금해하기

분천여인숙

늦은 막차를 기다리기 위해
허름한 여인숙에 몸을 눕힌다
눈 뒤집어쓴 눈향나무 잔가지가
바닥을 움켜쥘 듯 웅크렸다눈 위에 어제 내린 눈이 얹히고이
늦저녁 작은 별 몇 개 떴다
방학 끝나 학교로 돌아가던 날삶이란 슬픔인 것을 문득
깨달았지막차의 시간은 아직 멀고문득 낯선 곳에 혼자 와
있다는 느낌눈향나무가 보이는 창가에 서서
잘 가라 손 흔들던 어머니
그 눈물 글썽글썽한 얼굴을 떠올렸지

천국에 든 어머니도 눈시울 적신 그때를 기억하실까?
분천역 앞
그 허름한 여인숙에 몸을 누이던,

적막한 울음

새벽 빗줄기 속에서도
참매미 울음을 마지막으로 듣는다

임종을 맞고 있나?

맴맴, 매~애앰, 그악스럽던 울음소리
차츰 잦아지더니 고요해졌다

어디서 날아왔는지
베란다 방충망에 달라붙은 매미
새벽까지 빗소리를 가르며 운다

나무껍질이 아닌 데도
방충망이 마치 숲이라도 된다는 듯이
거미줄도 새도 겁나지 않다는 듯이
마치 최후의 짝짓기도 끝났다는 듯이

한참을 울다 뚝, 그쳤다
순간 적막해지는 아파트단지

호들갑

은사시나무 이파리에는
은빛 호들갑이 있습니다
여린 바람에도 가지는
은빛 파닥임
팔랑팔랑 호들갑이 있습니다

강가 미루나무에도
구름이 걸리는 호들갑이 삽니다
이팝나무에는 하얀 밥이 쌓여 있고
고래 등 기와집에 사는
바람의 호들갑이 호들갑을 치고 갑니다

성냥갑 같은 집과 집 사이
바람 한 점 없는 아열대의 밤이
고요히 호들갑을 떨고 있습니다

어떤 방학식

초등학교 2학년 정하가
여름 방학식을 마치고 귀가하는 차에서
갑자기 응아~하고 대성통곡을 한다

방학식이 너 슬퍼서 으앙~ 운단다
운동장도 꽃들도 느티나무도
한 달 내내 볼 수 없어서
책상도 걸상도 친구도 볼 수 없어서
그 모든 것이 슬퍼서 으앙~ 운단다

애기똥풀 같은 정하가
아직 더러운 것을 전혀 모르는 정하가
참, 고맙다

제 **3** 부

비어가는 집

겨울 판화

청설모 몇 마리가 바늘잎 가지를 넘나든다
잣나무 우듬지에서 바지런히 마련하는 겨울 양식
숲엔 목관악기를 부는 새 소리 가득하다

한 사나흘 내린 함박눈으로
눈 무게를 견디지 못한 가지들이 부러지고
때마침 고라니 울음소리도 들리는 듯하였다

한 떼의 바람이 계곡을 휩쓸고 지나간다
늘어진 가지에서 철퍼덕, 눈덩이 몇 개 떨어진다
그 서슬에 놀란 까마귀들 하늘 끝까지 달아난다

차라리 부러질지언정 허리 굽히지 못하는
저 직립의 근성이 숲을 눈밭으로 내몰고 있다
그런데도 숲은 울창하게 겨울을 다스리고 있다

강남제비

사발 모양의 둥지에 알을 낳고
지지배배 새끼를 쳤던 제비
나비, 메뚜기, 벌레를 물고 와
바지런히 새끼들을 양육했던 제비

갈대숲이나 배밭에 잠자리를 마련하고
해 질 무렵이면 수백 마리 전깃줄에 앉아
지지배배 노래했던 그 제비들이
어느 날 옛집 처마 밑에서 사라졌다

옛집 사라지고 아파트가 들어서면서
먹잇감이 사라진 탓이기도 하겠으나
둥지 틀 집들 마련하지 못했으리라

처마 밑에 둥지 틀고
바삐 곤충들 물어 날랐던 지난날
다시 봄인데도 제비 소리 없다
처마 밑 환하던 날갯짓도 사라졌다

소나무에게 부탁하다

눈 내려 소나무 숲이
우지끈, 눈 무게로 신음하는 날
간곡한 바람의 말, 환하다

우듬지에 달라붙은 눈송이를 털어내고
청록의 가지를 허공처럼 가볍게 하라고
하늘만 보지 말고 바닥까지 생각하라고
때론 풀잎처럼 가볍게
허리 조아릴 줄 알아야 한다고

그리하여, 바람 좋은 날
직립을 준비하며 그 당당함으로
하늘에 가 닿는 단단한 힘 키우라고

나무여, 이 겨울엔
우지끈, 가지 부러뜨리지 말라고
직립의 꼿꼿함도 잠시 접어두라고

폭설의 밤

짐승울음이 폭설에 파묻히고 있었다
침엽의 잔가지가 바닥까지 휘어지고
여민 문풍지에 바람이 침범하고
어디선가 멧돼지 울음도 들리는 듯하였다

문득, 정수리가 쭈뼛거렸다
손전등을 켜고
문고리를 단단하게 닫아걸었다
몰아치는 눈보라가 문지방을 넘어왔다

이불 속으로 몸을 숨기지만
옴츠릴수록 더욱 커지는 몸이여
잠들지 마라,
사방에서 다가서는 짐승울음이
방안에 든 몸을 감옥 속에 가둔다

우지끈, 나뭇가지 부러지는 소리

굶주림보다 더 가까운 공포여
아무도 다스리지 못하는 침묵이
산짐승들 울음 속에 묻히고 있었다
이불 속의 몸이 얼어붙고 있었다

비어가는 집

무너진 굴뚝이 먼지만 뿜어대는 집
허물어진 경계 사이로 그림자가 들어선다
바람과 거미줄만 자욱한 뜰, 바람이
서릿발 모래알들의 고요를 흔들어 놓는다
목 잘린 항아리와 녹슨 수도꼭지들
벌어진 틈새에 세월을 쟁여 넣은 대청마루
누런 시간이 배어난 꽃무늬 장판과 벽지
곰실곰실 글자들이 곰팡이꽃을 피워 올리고 있다

오도카니 주저앉은 오동나무 장롱도
굳게 닫은 품을 좀처럼 열지 않는다
모두 다 제 자리에 멈춰버린 시간들
째깍째깍, 아무리 발버둥을 쳐봐도
고장 난 초침만 제자리를 맴돌 뿐이다
개울 옆에 반쯤 주저앉은 집
흔들리는 물소리를 흉터처럼 달고 있다

폐교에서

굳게 닫힌 교문을 열면
벚나무로 둘러쳐진 운동장
개나리, 산수유가 노랗게 반겨준다

먼지 뽀얀 복도를 지나 교실 문을 연다
앉은뱅이 의자와 책상이 반겨준다
여전히 달랑 놓여있는 낡은 손풍금 하나
꾸욱, 빛바랜 음계를 눌러본다

언제나 즐겨 부르던 고향의 봄
유관순보다 위대한 사람이 되라고
선생님은 풀빛 고운 선율을 놓지 않으셨지
밤이면 환한 별로 떠서 총총 빛났었지

그러나 모두 뿔뿔이 흩어진 지 오래
봄인데도 무당거미만 세 들어 산다
희부연 흙먼지 몰려다니는 운동장
개나리 산수유만 뜀박질을 하고 있다

옛집 · 2

펄펄 눈 내리는 옛집이다
굴뚝 언저리가 따뜻해지는 집이다
한 사나흘 눈 내려도 좋은 집이다

나는 따뜻한 아랫목에서
꿀밤*을 먹는다

* 꿀밤 : 도토리를 끓여 떫은맛을 우려낸 다음 으깨어 먹는 밥. 경북 사투리.

귀촌

오래 버려둔 텃밭을 갈아엎고
햇살 자글자글 곳에 푸성귀를 심는다
넝쿨식물로 울타리를 치면
벌 나비 떼 찾아와 다정해질 것이다

어머니 손때 묻은 툇마루를 닦는다
판자에 들러붙은 시간이 싹을 틔우며
생각의 줄을 타고 하늘로 뻗어 오른다
메꽃이 불어 올리던 아침과 겨울
눈길에 푹푹 파묻혔던 울음이
이젠 바람의 힘으로 잎을 틔울 것이다

투명한 집을 짓는 거미의 몸놀림처럼
가만히 텃밭에 내 길을 놓아본다
제 살길은 제 발 앞에 있다던
근엄한 아버지의 목소리가 그 위에 얹힌다
단 한 번도 떠난 적이 없다고 외쳐본다
바람이 찾아와 엉킨 실타래를 풀고 있다

눈보라 · 3

여전히 내리는구나,
한 사나흘의 통고산의 눈

첩첩산중
나무는 바닥까지 휘어지고
그러다 눈 그치면
마을 청년들 멧돼지 사냥 떠났었지

계곡과 등성이를 거쳐야 했지
때론 선두에 서서
달려드는 그놈을 향해 창을 찔러야 했지

그때가 제일 위험하다는 것을 알았지
무릎까지 적시는 그 눈길에
손발은 젖고 얼어 터지지 않았을까?

다시 눈발 뿌리고

짐승울음 들리는 밤, 내 젊음도
그렇게 눈보라에 저물었나 보다
그 겨울의 덕거리여
잘 가라, 다신 돌아보지 말거라

일출

바닷가 콘도에 누워서 본다
수평선을 뚫고 용솟음치는 해를,
해안선에 내걸린 생선들과
푸른 나무들이 반짝거리는 것을 본다

벗어놓은 슬리퍼에도 반짝거리는 햇살
가마우지 날갯짓도 반짝거리고
물떼새가 수평선으로 나를 끌고 간다
멀어질 듯 가까이 밀려드는 저 붉은 물살

비로소 바다와 나는 한 몸이 된다
선연히 떠오르는 얼굴 하나
솜이불 햇살에 펴서 말리시던 어머니
그 넉넉한 품에도 물비늘 반짝거릴까?

수평선 물새들이 물고 오는 해
누워서도 시리게 바라볼 수 있는데…

둥근 감옥

원통형 수조 속의 빙어들이
쉴 새 없이 유리 벽에 머리를 박아댄다
처절한 몸짓은 자유를 향한 절규일까
푸른 물살 가르며 자유를 구가하던
어제는 은비늘은 영영 사라져버렸다
한순간도 멈춰있을 수 없다는 듯
플라스틱 통, 두꺼운 속박을 향해
연약한 대가리를 박고 또 처박는다
촘촘한 뜰채가 빙어들을 낚아채면
이리저리 몸을 튀기다가 더러는 땅바닥으로
두려움도 없이 몸을 내던진다
초고추장에 파묻히는 초라한 죽음보다
아가미 헐떡이는 적의를 택했는지도 모른다
새들이 바람의 물살을 가르고
구름이 유영하는 저 먼 곳, 하늘
그곳의 푸른빛을 기억하면서 죽어가는

후유증

나이 든 선배에게서 전화가 왔다
별일 없느냐고?
그래 전화 온 김에 물어본다

자고 나면 허리가 아프냐고,
눈의 초점이 흐려지냐고,
눈물 없는 것처럼 뻑뻑해지느냐고,
머리 뒷부분이 자꾸 아프냐고,
귀도 먹먹해지냐고,
그리고 코로나 아닌데
37.5도까지 열이 오르느냐고,

그랬더니
선배가 건네는 말
그건 모두, 백신 때문이라고!

제 **4** 부

서귀포 시편

침엽의 정신

태풍이 휩쓸고 지나간 자리
소나무 몇 그루 길게 몸을 눕히고 있다
지상으로 허옇게 뼈를 드러낸 채
침엽의 정신이 바닥으로 뒹굴고 있다

폭우에도 머리 숙이지 않고
눈보라에도 허리 꺾지 않던 정신을
이젠 바닥까지 내팽개친 것이다

뿌리가 뽑힐지언정 꼿꼿이 서야겠다는
저 나무의 결의는 단호했으리라

이제 나무는 피를 말릴 것이지만
여전히 허공을 찌르는 저 바늘잎들은
누워서도 꼿꼿함을 한껏 내뿜고 있다

로드킬

시속 80킬로의 도로 한 복판
눈 부릅뜨고 죽은 고라니 한 마리
바퀴 자국을 문신처럼 몸에 새기고 있다
종잇장처럼 납작해져 가고 있다

대낮인데도 바퀴들은 씽씽 지나간다
납작해진 고라니의 몸이 말해주듯
건널까, 말까, 그는 오래 망설였을 것이다
어쩜 속도를 과신한 것이 잘못이었다

바람보다 더 빠른 몸동작을 위해
뒷다리 세우고 껑충, 달려 나가기까지
수없이 만나야 했던 어둠과 굶주림들
달리면 달릴수록 배고픔의 유혹을
끝끝내 떨쳐버릴 수는 없었을 것이다

스스로 팔아넘긴 목숨 위로

수없는 바퀴들이 납작하게 뭉개고 간다
아무도 그의 주검을 모른 체
내리는 눈발만 펑펑 덮어주고 간다

섭지코지
— 서귀포 시편 · 1

보고프다 보고프다 읊조리면서
유채꽃 속으로 깊이 파묻히세요
그리곤 한껏 웃어주세요
저 그리운 별처럼 손잡을 순 없어도
돌 같은 가슴 바람결에 날리면서
그렇게 맘껏 손 흔들어주세요

우리 눈물 많은 하루하루가
방두포등대 불빛처럼 살아난다면
나는 망망대해 머리 헹구는
짝사랑 선돌로 오래 서 있을게요
유유자적 풀을 뜯는 조랑말처럼
애틋한 사랑 하나쯤은 가슴에 품고
벼랑바위 둥지 트는 가마우지처럼
바람 잠잠한 자정쯤에 찾아오세요

그립다 그리웁다 읊조리면서

붉은오름 협자연대로 달려오세요
파란 하늘 푸른 바다를 품고
이 봄 내내 나는 유채꽃으로
노랗게 물들면서 기다릴게요

지삿개 주상절리
— 서귀포 시편 · 2

검푸른 근육의 백 척 거구의 사내들을 본다
종일 맨몸으로 소금기에 몸 씻는 일이라면 나는 마다하겠다
저 육각의 돌기둥에선 언제나 바람 소리 들린다
파도에 씻기는 저 숨결은 장인의 것인가
단단한 가슴 어디쯤엔 활화산의 마그마가 숨어있을 터이다
들끓는 분노를 안으로만 꾹꾹 쟁여놓았을 터이다

직립을 추억하는 것들은 구부러지는 것을 용납할 수 없듯이
저렇게 물살에 귀를 씻으면서도 제 자리를 떠나지 않는다
병풍처럼 이곳에선 그 어떤 어둠도 침범할 수 없다는 듯
거칠게 파도와 맞서는 기둥들, 층층의 석탑들…
어쩌면 입과 코와 귀가 닳은 부처도 있겠다

바람에 쉽사리 허리 조아리는 것들은 서둘러 사라져갔지만
나는 새삼 여기서 허리 부러뜨릴지언정
저 돌기둥 같은, 저 금강송의 꼿꼿한 내력을 떠올려본다
흘러가는 것들까지 단숨에 잡아 가두는 저 돌기둥

거친 물세례에 앞에서도 거침이 없는 검푸른 근육의
건강한 입김, 나는 보디빌더 사내들의 커다란 체형을 읽는다

다시 물보라가 치면서 감춰졌던 돌기둥이 반짝 열린다
나는 구부렸던 허리를 꼿꼿이 펴본다
파도에 씻긴 몸들이 나를 바라보면서
서 봐, 한번 혼자 서봐! 칼날처럼 외쳐대고 있었다

모슬포
— 서귀포 시편 · 3

한 마리 용이 해안에 납작 웅크리고 있다

금세 바다로 들어갈 듯한 몸이 승천(昇天)하지 못하고
용궁을 버린 탓인지 바닷가로 쫓겨난 이무기 형상이다

산방산에서 불어 내린 바람의 날갯짓에 유채꽃 머리 위로
나비 떼가 팔랑거린다
　모두를 부르는 향기, 산방굴사* 물 한 방울로 목축이고 싶은
봄 한 철, 꿈결 같다

가깝고도 먼 대정헌*에서 날아드는
초의선사*의 다향(茶香)과 추사 선생의 먹 가는 소리
봄날인데도 세한도의 눈발이 친다

겨울을 견딘 마른 탱자나무에도 언뜻 빗방울이 듣고 초록이
환해진다
　가시들의 눈 뜸, 위리안치(圍籬安置)의 날들이 초옥 가득하다

어디서 울음 우는 멧비둘기 몇 마리 구구구

유채꽃으로 머리 풀어 헤친 앞바다가 금빛 물결로

출렁거리고 있다

영실기암
— 서귀포 시편 · 4

오백나한들이
바람 소리에 귀를 씻고 있네
뻐꾸기가 제 설움을 풀어놓으면
물안개는 바위 허리를 두르면서
바람 소리 물소리 숲속 연주회는 시작되었네

하늘 찌를듯한 오백나한들이
병풍바위 허리를 호위하고 섰네
몇억만 년 땅속에 묻혔다가
한달음에 뛰쳐나온 부처들이
설문대할망 말씀을 귀담아듣고 있네

무엇이 그리 좋은지 밤낮 웃는 얼굴들이네
천둥 번개 잘 견디고 혹한 눈보라 잘 견뎌서
돌하르방 삼촌처럼 편안하게 눈 맞춰주네

철쭉과 녹음으로 단풍과 눈꽃으로

사철 우리를 부르는 오백나한이 있네
참 춥고 어두워서 속 달달 끓이는 날에는
영실기암 저 오백나한을 만나야겠네

곶자왈 고사리
― 서귀포 시편 · 5

곶자왈도립공원 고사리가 한창이다
겨울을 견뎌낸 조막손들이
마른 땅 비집고 몸을 밀어 올린다
무슨 할 말이 그리 많은지
저마다 꼿꼿이 머리를 치켜들고 있다
거친 암괴를 뚫고 나오느라
머리엔 희끗희끗한 거미줄 흔적
가족들 온전히 지켜내느라
겨우내 부르튼 순이 삼촌* 손이다
밤새 바람이 몸통을 흔든 탓인지
어제 꺾인 생각들을 다시 밀어 올려서
이 아침 못다 한 얘기를 풀어놓고 있다
흔들리는 저 손은,
굶주린 아기의 젖 달라는 신호
축축한 얘기는 달빛으로 씻어낼 수 있을까?
언 땅 비집고 고개를 쳐드는 힘으로
오래 닫힌 문 열고 서로 손 맞잡아야지

풀잎 흔들림에도 귀를 쫑긋 세워야 했던
그해 봄날이 지천으로 고개를 쳐들고 있다

* 순이삼촌 : 현기영의 소설

적거지의 초상
— 서귀포 시편 · 6

나지막한 초옥 둘레로 먼나무*가 기웃거린다
초겨울이다, 탱자나무 마른 울타리에선
아침을 주둥이에 문 참새 떼가 와서 재재거린다

간밤에 내린 비에 모든 것은 젖고
돌하르방의 부리부리한 왕방울 눈도
뭉툭한 코며 굳게 다문 입에도 겨울빛 서늘하다

붓으로 그린듯한 모슬포 앞바다 수평선도 가깝다
멀고 가까운 앞바다를 고깃배들이 지나가고
이곳에 위리안치된 지 몇 해째인가,
어디선가 물떼새 우는 소리만 한결 가깝다

종일 정낭을 열어두어도 바람만 드나들 뿐,
잎 떨어진 탱자나무 가시도 서늘하다 못해 퍼렇다
벼루 열 개, 붓 일천 자루 닳고 닳았어도
그리움으로 퉁퉁 불어터진 마음뿐,
먼저 간 예안 이 씨* 소식은 아예 들리지도 않는다

머잖아 유채꽃이 포구를 뒤덮을 테지만
가슴 시퍼렇게 빈자리 그 누구도 메울 수 없다
가끔 먼나무 흔드는 소리 물개처럼 울고
누굴까, 급한 마음에 성긴 문을 열면
좁다란 마당귀에 내리는 달빛만 서늘하다

오늘도 초의선사*가 보내준 차를 달여보지만
그리운 마음 한 장 편지로 띄울 수신인은 멀다
그러나 안다, 돌아갈 날은 아직 멀고
탱자나무 울타리엔 눈발만 펄펄 날린다는 것을

'작은 창가에 빛이 밝으니 나로 하여금 오래 머물게 하네'
「小窓多明 使我久坐」 글귀만 달빛에 젖고
그리다 만 세한도를 다시 펼쳐보지만
소나무 잣나무의 푸르름은 지고 거친 눈발만 든다

* 예안 이 씨 : 제주 유배 3년째인 1842년 11월 13일 세상을 떠난 추사 선생의 아내.
* 초의선사 : 추사 김정희 시대에 태어난 한국의 다성(茶聖).

고요의 시간

늦가을 백사장엔 발자국만 남겼어
미역과 조가비들 저녁 으스름을 맞고 있었어
만나는 날보다 떠나보내는 날이 많은 계절
더는 만날 날이 없어졌다고 슬퍼하진 말기

혼자 보내는 저녁도 괜찮은 것
갈매기 울음에 귀를 씻는 것
그리고 그 모든 것 즐길 줄 알아야 해
막막하다는 것은
다시 문이 열린다는 것을 깨닫는 시간
가득 찬 것을 버리는 연습도 필요해

해조음 저편,
눈 내리고 다시 예비하는 봄
우듬지 끝에 연둣빛을 매다는
나무들의 저 눈부신 출항, 유난히
투명하게 햇살에 빤짝거려서

생각만 해도 가슴 부풀어 오르는

그러나 여기, 아무도 남지 않고
수평선 고기잡이배들만 집어등을 켜는
지금은 다만 고요의 시간

나풀나풀

얼어붙은 하늘에서
흰 나비 떼가 나풀나풀
마른 나뭇가지에 내려앉는다

쥐똥나무 좁다란 틈을 메우고
산수유 빨간 열매 위로 내려앉는다
나풀나풀 내려앉는다

이 아파트단지에
종일 나풀나풀 내려앉는다
싸매야 할 상처가 아주 많다는 듯이

명품 단팥빵

롯데쇼핑에서 네 개가 든 명품단팥빵을 사왔다

습관처럼 딸아이가 원산지를 읊어댄다

—팥은 중국산이고, 한천(꼬시래기)은 인도네시아 거고,
밀가루는 미국산 아니면 캐나다산이고,
쇼트닝 팜유는 말레이시아 산이네

명품이라면서
국내산 재료는 하나 없네, 투덜거린다

요즘은 글로벌시대라
다국적이어야 명품이 되는 모양이다

삶, 그리고 소통의 시학

임 동 윤

삶, 그리고 소통의 시학

임 동 윤

1.

한 편의 시가 우리 삶의 윤활유 역할을 해준다면 얼마나 좋을까요? 그렇게 된다면 우리 삶도 한결 즐겁고 윤택해질 수 있을 것입니다. 그러나 요즘 유행하는 시들을 보면 이와는 무척 먼 거리에 있는 듯해서 안타까운 마음이 듭니다. 여러 가지 이유가 있겠지만 사회적 문제와 이념을 다루기보다는 자신의 신변잡기와 의식 세계를 그리고 있기 때문이라 여겨집니다.

그래서 소통은 애초부터 불가능합니다. 거기다 지나친 환상으로 소통을 일부러 거절하는 시 창작 방법을 채용하고 있기 때문이지요. 종래의 시 작품은 누구나 공감하는 시적 체험이나 역사 인식을 소재로 하였으나 이젠 개개인의 정신적 문제나 심리를 주된 소재로 삼고 있습니다. 실제 일어날 수 없는 환상의 세계를 모더니즘, 포스트모더니즘 등으로 치장하는 것입니다. 그러다 보니 서사적 구조보다는 형식주의에 치중하는 경우가 허다하다 하겠습니다.

이러한 시 창작 방법은 새롭다고 할 수 있을지 모르나 시를 읽는 독자를 외면한 것이라 할 수 있습니다. 자기 자신만 알고 더러는 그 시의 내용도 스스로 파악하지 못하는 시, 누가 뭐라든 자기만 만족하면 되는 시, 사회의 공기(公器)로서의 자세를 저버린 시, 읽는 자의 즐거움과 유익함이 전혀 느껴지지 않는 시들…. 어쩌면 우리 사회에서 추방해야 할 백해무익한 작품이라 해도 과언이 아닐 것입니다.

그렇다면 어떤 유형의 시를 창작하는 게 좋을까, 고민해봅니다. 첫 번째가 이루어질 수 없는 환상의 세계를 그리지 말고 실제 체험한 사실을 바탕으로 시를 써야 한다는 말이지요. 거기다 난해한 구성보다는 쉬운 구성으로, 지나친 수사법보다는 접근이 쉬운 표현법을 사용하는 것이 좋으리라 생각합니다.

그러자면 가족 간이나 사회적 공감대의 이야기 등으로 우리

삶의 세계를 다루어야 한다고 보는 것입니다. 따라서 모더니
즘, 포스트모더니즘의 형식보다는 진솔한 내용을 담아내는 것
이 독자와의 거리를 좁히는 첩경이라 나름대로 생각해보는 것
입니다.

2.

이제 본 시집에 수록된 시편들을 짚어보면서 독자와의 소통
을 시작하기로 하겠습니다. 아래 시편은 「모퉁이」인데, 중학교
시절 방학이 끝나 울진에서 춘천으로 오던 어느 여름날, 배웅
나온 어머니와의 이별을 그린 쓸쓸한 작품입니다.

이쯤에서
저쪽 모퉁이를 보고 있었던가?

가랑비에 정수리는 젖고
가슴 적신 눈물은 바닥에 흥건했네

모퉁이를 지우는 저녁 으스름
풀꽃들을 지우고
마침내 빗줄기를 지우지만
차오르는 그리움을 지울 수는 없었네

문득, 가로등이 켜졌네
그때까지 바라보는 저쪽 모퉁이

보이지 않게 차오르는
숨결 혹은, 흔들리는 어깨

—「모퉁이」 전문

　여름방학이 끝나 금강송면에서 춘천으로 오자면 분천역에서
자정 무렵의 무궁화호 열차를 타야만 했습니다. 쌍전리에서 분
천역으로 오는 버스가 없던 시절, 어머니와 나는 30리 길을 걸
어서 와야만 했지요. 춘천 이모님께 드리라고 인절미 한 말로
만든 떡을 등에 지고 분천역까지 오는 일은 중학교 1학년인 나
에게는 여간 힘든 일이었습니다. 그래서 이슬비 내리는 날인데
도 불구하고 할 수 없이 어머니가 부천역까지 동행하게 된 것
이었습니다. 오후 3시 집을 떠나 분천역에 도착하니 어느새 저

녁 무렵이 되었습니다.

　서둘러 집으로 돌아간다고 해도 어머니는 캄캄한 밤에야 집에 도착할 것이었습니다. 서둘러 우리는 이슬비를 맞으며 이별을 해야만 했습니다. 눈물 그렁그렁한 어머니는 손을 흔들며 가다 간 몇 번인가 돌아보곤 하시었습니다.

　분천역으로 건너가는 다리가 놓이지 않았던 그 시절, 배를 타고 오가야만 했습니다. 서둘러 배를 타고 강을 건너간 어머니는 어느 산 중턱 길모퉁이에서 하염없이 이쪽을 바라보는 것이었습니다. 이젠 그만 가시라고 한껏 손사래를 쳤으나 어머니는 지워질 듯한 그 길모퉁이에서 마냥 이슬비를 맞고 계셨습니다. 어린 아들을 혼자 떠나보내는 것이 못내 걱정이었을 것이고, 겨울방학 때까지 볼 수 없어서 마냥 가슴이 아팠을 것입니다.

　강 건너 저쪽 길모퉁이에서 이쪽을 바라보시던 어머니. 가로등에 불이 들어오기까지 나를 지켜보던 그 어머니의 그 모습은 지금도 내 가슴에 여전히 살아서 여름 소나기처럼 후려치는 것입니다.

　　늦은 막차를 기다리기 위해
　　허름한 여인숙에 몸을 눕힌다
　　눈 뒤집어쓴 눈향나무 잔가지가

바닥을 움켜쥘 듯 웅크렸다는 위에 어제 내린 눈이 얹히고이
늦저녁 작은 별 몇 개 떴다
방학 끝나 학교로 돌아가던 날삶이란 슬픔인 것을 문득 깨달
았지막차의 시간은 아직 멀고문득 낯선 곳에 혼자 와 있다는 느
낌눈향나무가 보이는 창가에 서서
잘 가라 손 흔들던 어머니
그 눈물 글썽글썽한 얼굴을 떠올렸지

천국에 든 어머니도 눈시울 적신 그때를 기억하실까?
분천역 앞
그 허름한 여인숙에 몸을 누이던,

— 「분천여인숙」 전문

연둣빛으로 휘장을 두른 산란실
몸을 옴츠리고 자신의 꿈을 조용히 눕힌다
오직 어둠 속에서 산란하는 일에만 열중한다

양수 속을 유영하던 것들이 껍질을 부수고
새끼들이 꼬물거리며 가슴을 파고든다
아무것도 줄 것이 없는 어미

송두리째 제 몸을 내어주고 있다

어미 몸을 갉아 먹고 자라난 새끼들
갈댓잎 위에서 찬란한 햇빛에 마주 선다
바람까지 잘근잘근 씹어먹는다

그렇게 한 어미의 여름이 사라져간다

— 「어미의 여름」 부분

위 시 「분천여인숙」은 방학이 끝나 춘천으로 오기 위해 몇 시간 머물던 집이다. 자정 무렵의 기차를 타기 위해서 마냥 몇 시간을 대합실에서 기다릴 수 없어서 어머니가 잡아준 여인숙에서 몇 번인가 머물던 기억이 납니다. 춘천으로 올라올 때마다 어머니는 손 흔들며 눈물 그렁그렁 헤어졌었습니다. 그 청소년 시절의 기억이 유난히 떠오르는 것은 지금 어머니가 하늘나라에 계신 때문일까요. 그렇습니다. 이 세상의 어머니는 자식에게 피와 살을 다 내어주고 사십니다.

위의 시 「어미의 여름」도 지극한 모성을 그린 시입니다. 자기 몸을 자식을 위해 모조리 다 내어놓는 거룩한 어머니의 눈물겨

운 헌신. 우리 육 남매도 어머니의 피와 살을 먹고 자라났다는
사실 앞에서 새삼 어머니가 그리운 이 여름입니다.

한평생 슬픈 일들이 많겠으나 최근 가장 가까웠던 선배 하나
를 하늘나라로 보낸 슬픈 일이 있었습니다. 일흔아홉의 나이에
세상을 떠난 그 선배가 바람 불고 비 오는 날에는 유난히 눈에
밟히곤 합니다. 그래서 몇 편의 작품이 가슴에서 우러나왔습니
다. 아래 작품은 그중 세 편입니다.

이팝나무는 다시 꽃들을 매달았습니다
몇 개의 천둥과 바람이 지나가자 남춘천역
산딸나무는 머리를 하얗게 물들였습니다

당신의 마지막 시집, 『딱딱해지는 살』을 읽습니다
약력 위에서 당신은 웃고 있습니다
「하얀마을」 옥돔구이를 먹을 때처럼
원산지 표시 선명한 두부전골을 먹는 때처럼

이 새벽, 까마귀 울음소리를 듣습니다

꿈속에서도 춘천문화원으로, 한숲시티로

당신 찾아가지만 내가 찾는 얼굴은 없습니다
고성횟집에서 물회도 한 접시 즐기고
평양면옥에서 냉면만 한 그릇 축낼 뿐입니다

그러나, 당신 없이도
이 여름 못 먹는 술을 마셔봅니다
마치 당신과 있는 것처럼, 그렇게

― 「당신과 함께」 전문

너 앉았다 떠난 자리에
아직 꽃 한 송이 피어나지 않는다
이 봄 오래오래 아침을 기다렸는데
벌써 기다리는 일의 소중함을 잊었는가

개나리 목련도 가고
연분홍 벚꽃도 후르르 진다
지금은 다만 보랏빛 향기
무성한 라일락 그늘 밑이다
마지막 남은 봄을 너 없이도 나는 보낸다

바람은 어제보다 거칠고
네가 이름 붙여준 나무들은 새순 하나 없다
저 고요 한 겹씩 벗겨내면
연둣빛이 돌까, 잎이 돋을까?

도무지 얼굴 하나 지워지지 않는다
벽 하나 허물지 못하고
문만 꽁꽁 닫아놓고
서로 안다고, 안다고 말했을 뿐
다만 멀리서 가깝게만 보고 있구나

너 앉았다가 떠난 자리인데도
아직 꽃 한 송이 피어나지 않는다
벌써 나는,
기다리는 일의 소중함을 잊었는가!

— 「부칠 수 없는 편지 · 2」 전문

그 얼굴이
사라지지 않는다

좀체 찡그리지 않는
그 얼굴

향기로운 의미가 되어
서로의 가슴에 꽃을 피울 뿐이다

마지막까지
그런 사람이어야 한다

— 「추억하는 사람」 전문

그 선배는 뇌출혈로 오른편이 다리와 팔이 불편하였습니다.
그래서 일주일에 한 이틀 재활훈련을 받고 생활했습니다. 그런
가운데서도 춘천문화원장으로써 열심히 직무에 충실했습니다.
어쩜 춘천문화원장 일을 한다는 것이 당신의 건강을 유지하는
비결이었다는 생각이 듭니다.
  물론 직접 차를 운전할 수 없어서 제 사무실에 올 때나 문학
모임이 있을 때는 형수가 대신 운전하고 다녔습니다. 그렇게 열
심히 지내셨는데 갑자기 부음을 듣게 된 것입니다.
  1969년 처음 만나 「表現詩」를 창립하고 53여 년을 함께 호

흡하며 지냈습니다. 유난히 정이 많은 선배는 주변의 어려운 화가와 문인들을 돕는 일에도 앞장을 섰습니다. 내가 만드는《시와소금》의 자문위원으로 물심양면으로 많은 도움을 주었습니다. 불편한 몸으로도 행사 때마다 참여하여 힘을 보태곤 했습니다. 그는 한 그루 세상의 큰 나무였습니다.

2022년 12월 14일 〈표현시〉 송년 모임이 선배와의 마지막 만남이었습니다. 선배의 부음을 들은 것은 4월 8일이었습니다. 일주일 전에 전화통화를 하고 몸이 불편하니 나으면 점심이나 같이하자고 한 것이 마지막이었습니다. 만날 때마다 두 손을 움켜잡으며 '책 만드는데 어려움은 없지?' 하고 늘 다정하게 물어주던 선배는 이제 이 세상에 없습니다. 선배가 하늘나라에 든지도 두 달이 불쑥 지났습니다. 부디, 한 호흡 잘하고 나를 기다려달라고 바람결에 전하고 싶습니다.

그 선배는 나에게 「추억하는 사람」으로 늘 남아있을 것입니다. 삼가 선배의 명복을 빌어봅니다.

3.

지난 3년간 코로나-19는 세상을 온통 바꿔놓았습니다. 반가운 사람과의 만남도 소원해지고 모든 것이 정지되어 버렸습니다. 한 번도 경험하지 못한 코로나-19로 인해 영원한 것은 없다는 것을 새삼 깨닫습니다. 언제 어디서 어떻게 될 수 있다는 엄연한 현실 앞에서 오늘 행복하게 사는 것이 최선이라고 생각하게 되었습니다.

건강하다면, 허락이 된다면 볼 것 많이 보고, 맛있는 것 많이 먹고, 할 수 있는 것 최대한 다해보자는 생각에서 좀처럼 벗어날 수가 없습니다. 내일을 모르기 때문입니다.

그래서 가장 정결한 것, 가장 낮은 곳에 살지만 끈질긴 생명력을 가진 것에 애정을 느끼게 되었습니다. 아래 시편들은 모두 그런 것들입니다.

눈물 떨구는 순간은 아름답다
피 한 방울 말리는 순간은 거룩하다
육신 말리는 일이 거룩하듯이
정신 말리는 일이 아름답듯이

너를 향한 나의 눈짓이
너를 향한 나의 사랑이
바람 앞에 등불이 된다 해도

마침내 내 목숨을 버린다 해도

내 몸의 물 한 방울을 말려서
내 몸의 피 한 방울 낱낱이 말려서
네 뿌리의 자양이 되고
네 둥치를 든든하게 하고
환한 꽃 한 송이 매단다면
더할 수 없이 좋은 것을

아침부터 대낮까지
마지막 눈물 한 방울까지
최후의 피 한 방울까지 남김없이
바친다, 너에게 아낌없이

— 「이슬의 노래」 전문

   투명하고 영롱한 이슬은 아침마다 모든 생명에게 푸르고 시
원한 생명의 물을 공급합니다. 날마다 나무들이 하늘에 닿을
듯이 우듬지를 키우고 가녀린 풀들이 아름다운 꽃들을 매다는
것도 이슬이 주는 영롱한 물방울이 있기 때문입니다.
   그러나 이슬은 대낮의 햇살 속에서 소리 없이 지상에서 사라

집니다. 한 그루의 나무를 위해서, 한 송이의 풀꽃을 피워내기 위하여 아침마다 헌신하는 이슬의 저 거룩한 죽음을 생각해봅니다. 나는 과연 그 누구를 위해서 나를 버린 적이 있었던가요? 아무것도 못 했다는 사실 앞에서 공연히 부끄러워집니다. 저 아낌없이 내어주는 이슬의 무한한 사랑 앞에서 새삼 어떤 삶이 행복한가를 느끼는 이 아침입니다.

보도블록과 보도블록 사이
눈곱만한 틈새를 비집고 고개 내민 풀들을 본다
여리지만 꼿꼿하게 몸을 세우는,
물 한 방울 잘 스며들지 않는 곳, 저 실낱같은
연둣빛들이 나요, 나 여기 있어요, 손을 뻗는다

한때 저들은, 수도 없이 주저앉았을 것이다
구둣발에 허리가 꺾이고 온몸이 짓눌렸을 것이다
그러나 하늘로 솟구치는 욕망은 다스리지 못했을 것이다

한 줌 먼지 속에서도 아스팔트 속에서도
벼랑바위 틈새에서도 오래된 기와지붕 사이에서도
틈만 보이면 삐죽삐죽 솟아나는 것들

때론 제초기에 허리까지 잘려 나가도
며칠 후면 다시 웃자라는 저 끈질긴 생명력
폭우 속에서도 결코 바닥에 쓰러져 눕거나
꺾이지 않는, 오로지 꼿꼿하게 머리를 쳐들 뿐이다

틈만 보이면 뾰족뾰족 손을 내미는,
끈질기게 제 삶을 꾸려 나가는 저것들
낙숫물이 바위를 뚫는 이치를 새삼 배운다

화들짝, 등줄기가 오싹해진다

— 「눈곱만한 틈새로」 전문

　봄이면 가장 불편한 땅에서도 눈보라와 얼음을 견딘 것들은
소생합니다. 저마다 눈먼 세상을 밀어 올리고 머리를 비비대며
바람을 견디는 강인한 생명력을 이 봄에도 볼 수가 있습니다.
모든 생명은 온몸에 박힌 얼음 조각을 녹여내며 죽은 듯 죽지
않고 견뎌 왔습니다.
　이제 우리 마음도 견디는 것들에 대한 믿음을 가졌으면 합니
다. 견딘다는 것은 고통과 눈물을 간직하지만 돌이켜보면 그
이면에는 소망과 기쁨과 희열이 존재합니다. 어떤 상황이든 묵

묵히 참고 견디는 일—. 이것이 가장 소중하게 느껴지는 오늘입니다.

내가 딛고 가는 보도블록에는 도무지 존재하지 않을 것 같은 생명이 저마다 살아서 꼼지락거립니다. 사각의 시멘트블록이 가로 세로로 질서정연하게 잇닿아 도무지 숨 쉴 틈이라곤 보이지 않는 그 촘촘한 길에서 눈곱만한 틈새를 비집고 질경이와 민들레, 쑥부쟁이와 씀바귀가 자라난 것입니다. 이렇듯 생명은 끈질긴 힘을 가졌습니다. 그것도 변두리로 내몰린 생명들은 어떤 상황이 닥치더라도 꿋꿋이 그 현실을 견뎌냅니다. 우리 삶도 저 풀들과 마찬가지가 아닐까요? 화려한 중심에서 밀려나 지금은 비록 변두리에 머물고 있지만 언젠가는 중심을 향해 달려갈 그 소중한 꿈을 간직하고 있는 게 아닐까요? 그래서 오늘의 참담한 어둠 속에서도 꿋꿋이 견디며 살아가는 것이겠지요.

4.

'제 뜻대로 살 수만 있다면 얼마나 좋을까요?' 자문자답해 봅니다. 살아낸다는 것은 어쩌면 오늘을 견딘다는 일일지도 모릅니다. 우리 삶에서 고통과 눈물이 없다면 얼마나 무미건조할

까요? 삶은 고통과 눈물의 연속입니다. 이 고통과 눈물이 없다면 기쁨과 즐거움도 있을 수 없습니다.

태풍이 휩쓸고 지나간 자리
소나무 몇 그루 길게 몸을 눕히고 있다
지상으로 허옇게 뼈를 드러낸 채
침엽의 정신이 바닥으로 뒹굴고 있다

폭우에도 머리 숙이지 않고
눈보라에도 허리 꺾지 않던 정신을
이젠 바닥까지 내팽개친 것이다

뿌리가 뽑힐지언정 꼿꼿이 서야겠다는
저 나무의 결의는 단호했으리라

이제 나무는 피를 말릴 것이지만
여전히 허공을 찌르는 저 바늘잎들은
누워서도 꼿꼿함을 한껏 내뿜고 있다

— 「침엽의 정신」 전문

새벽 빗줄기 속에서도
참매미 울음을 마지막으로 듣는다

임종을 맞고 있나?

맴맴, 매~애앰, 그악스럽던 울음소리
차츰 잦아지더니 고요해졌다

어디서 날아왔는지
베란다 방충망에 달라붙은 매미
새벽까지 빗소리를 가르며 운다

나무껍질이 아닌 데도
방충망이 마치 숲이라도 된다는 듯이
거미줄도 새도 겁나지 않다는 듯이
마치 최후의 짝짓기도 끝났다는 듯이

한참을 울다 뚝, 그쳤다
순간 적막해지는 아파트단지

—「적막한 울음」전문

시속 80킬로의 도로 한 복판
눈 부릅뜨고 죽은 고라니 한 마리
바퀴 자국을 문신처럼 몸에 새기고 있다
종잇장처럼 납작해져 가고 있다

대낮인데도 바퀴들은 씽씽 지나간다
납작해진 고라니의 몸이 말해주듯
건널까, 말까, 그는 오래 망설였을 것이다
어쩜 속도를 과신한 것이 잘못이었다

바람보다 더 빠른 몸동작을 위해
뒷다리 세우고 껑충, 달려 나가기까지
수없이 만나야 했던 어둠과 굶주림들
달리면 달릴수록 배고픔의 유혹을
끝끝내 떨쳐버릴 수는 없었을 것이다

스스로 팔아넘긴 목숨 위로
수없는 바퀴들이 납작하게 뭉개고 간다
아무도 그의 주검을 모른 체
내리는 눈발만 펑펑 덮어주고 간다

—「로드킬」 전문

위의 시편들에서 나는 눈물과 고통을 이기는 힘은 바로 견딤에서 온다는 것을 느낍니다. 우리가 사는 세상에는 견디며 사는 것들이 정말 많습니다. 비바람과 눈보라를 견딘 나무는 봄이면 아름다운 꽃을 스스로 몸에 촘촘하게 매답니다. 태풍에 떨어진 풋사과가 썩어서 다시 한 줌 거름으로 돌아가고 그것을 먹고 자란 나무는 이듬해 꽃과 함께 풍성한 열매를 매답니다.

깨끗한 물을 찾아 상류로 열목어들이 올라가듯이, 자기가 태어난 곳을 찾아 연어들이 돌아오듯이, 모두가 흔들리고 견디면서 나름대로 살아가는 법을 터득합니다. 흔들리지 말아야 할 때 흔들리듯이, 흔들려야 할 때 흔들리지 못하는 것이 우리네 삶입니다. 그래서 우리의 삶은 고통과 눈물의 연속입니다.

5.

나는 어둠 속에서 빛을 보고 빛 속에서 어둠을 보기를 원합니다. 모든 것이 잠든 밤에는 더욱 고요한 어둠을 봅니다. 나의 응시는 정지된 시간의 응시가 아니라 계속 흘러가는 시간 속의 응시입니다. 그러므로 내 눈은 유년에서 지금까지 끊임없이 움직이고 있다고 보아야 할 것입니다. 내 응시가 고통의 시간 끝을 향해서 간다고 본다면 분명 내 눈은 나에겐 깊은 아픔일 수 있겠지요. 자연 속에서 바라보는 어둠과 빛, 자연에서 길을 찾는 나는 순수존재로서의 한 시인의 모습으로 남고 싶습니다. 그것이 비록 남 보기에는 처연해 보일지라도 말입니다.

그러면서 나는 사물에 대한 되도록 밝은 눈을 가지고 싶습니다. 사물과 자아 사이의 오랜 친화에 온 힘을 쏟아붓고 싶은 것입니다. 그래서 나는 현란한 수사 없이도 그 존재가치를 짚어 보고 그 대상으로부터 낮은 소리를 듣고 싶습니다. 작고 버려진 것들은 시인이 누구나 즐겨 노래하는 영원한 소재입니다. 내 손끝에서 그들이 힘을 얻고 살아서 또 다른 모반을 꿈꾸기를 갈망합니다.

나는 내 시에서 죽음과 생명, 소멸과 신생이 순환하는 우주의 질서에 대한 신뢰와 수긍을 그 바탕으로 해야 한다는 것을 늘 염두에 둡니다. 어린아이나 알을 통해서 새로운 신생을 염원하고 있습니다. 이것은 시간의 초월 위에 존재하며 또한 소멸의 끝에서 새롭게 피어나는 꽃이기 때문입니다.

내가 어둠의 심연에서 본 꽃들은 분명 절망 속에서 핀 처참한 꽃들이었을 것입니다. 그래서 그 꽃들 때문에 나는 절망하기도 합니다. 그러나 자연을 통해서 바라다본 세계의 꽃들은 희망의 꽃, 바로 신생의 알이었던 것이지요. 오늘도 새들은 푸른 숲에서 알을 까고 새끼를 치며 더러는 맑고 투명한 햇빛을 가지고 놀기도 하고 저 높은 하늘에 포롱포롱 오르기도 합니다. 그래서 나는 새로운 탄생을 노래하며 저 봄 둔덕에 핀 봄꽃이며 연초록의 잎새들을 사랑하는 것입니다.

열일곱 번째 시집 『오래된 나무 아래서 잠시』를 펴내면서, 어쩌면 나의 시가 이 세상에서 아무런 존재가치가 없을지도 모른다는 생각을 문득 했습니다. 그래서 아래의 시편이 떠올랐습니다. 모든 것은 헛되고, 또 헛되다고 하지만 그래도…….

완전한 삶이 존재하지 않듯이
고쳐도 고쳐도 미완성인 시, 그러다가
맨 처음 내용으로 다시 돌아오고 만다
이미지에 집착하다 보면 해야 할 말들이 죽고
내용을 내세우다 보면 진술 일변도여서
시를 읽는 참 맛이 없다
생선회에 고추냉이와 초장이 없듯이
붕어찜 밑바탕에 시래기가 없듯이

직립의 자세로 하늘 우르르는 침엽수와
바람에 키를 늘이는 저 대숲의 속삭임
그 꼿꼿함과 천 개의 말을 닮고자 했으나

원목이 되지 못하고 껍질만 무성한 나의 시
마른 덤불만 무성히 만든 것은 아닌지
버리지 못한 욕망, 지키지 못한 언약이여
나는 안다, 불온한 날들 위에 얹히는
숭숭 벌레 먹은 시든 나뭇잎이라는 것을

—「껍질의 시」전문